Lulu
aus dem All

Cornelia Franz wurde 1956 in Hamburg geboren. Sie studierte Germanistik und Amerikanistik und machte eine Ausbildung als Verlagsbuchhändlerin. Heute arbeitet sie als Autorin und freiberufliche Lektorin in Hamburg und hat inzwischen zahlreiche Bücher veröffentlicht.

Cornelia Franz

Lulu aus dem All

Mit Illustrationen
von Markus Grolik

CARLSEN

Veröffentlicht im Carlsen Verlag
In neuer Rechtschreibung
März 2002
Mit freundlicher Genehmigung des Aare Verlages

Umschlagbild: Markus Grolik
Umschlaggestaltung: Doris K. Künster / Britta Lembke
Corporate Design Taschenbuch: Dörte Dosse
Satz: Dörlemann Satz, Lemförde
Druck und Bindung: Elsnerdruck, Berlin
ISBN 3-551-37143-1
Printed in Germany

1

»Jakob! Jakob! Wach auf!«

»Was ist denn?«

Jakob blinzelte ins Zimmer, das noch zappenduster war. Er zog sich das Kissen über den Kopf. Na, da hatte er wohl doch nur geträumt.

»Wach auf, Jakob! Hinter dir sitzt ein Bär!«

Ein Bär? Jakob schreckte hoch. Das war doch Corinnas Stimme …

»Nicht bewegen! Er sitzt direkt hinter dir!«

»Ein richtiger Bär?«, flüsterte Jakob. Er wagte nicht sich umzudrehen.

Corinna, die auf der anderen Seite des Zimmers in ihrem Bett lag, murmelte: »Ein riesiger brauner Bär, bestimmt zwei Meter groß.«

Und dann hörte Jakob eine Weile nichts mehr außer seinem eigenen Atem. Oder war das etwa das Schnaufen des Bären? Jakob lief es kalt den Rücken hinunter.

Eine Viertelstunde saß Jakob so da, bis er vor Müdigkeit beinahe umkippte. Vorsichtig sah er zu Corinna hinüber. Er konnte sie im Dunkeln nicht erkennen.

»Corinna …«, rief Jakob leise. »Ist der Bär immer noch da?«

Als Antwort kam nur ein leises Schnarchen.

Was? Seine Schwester schlief gemütlich, während er hier schwitzte vor Angst? Da stimmte doch was nicht. Ganz, ganz langsam drehte Jakob sich um.

Nichts war zu sehen. Niemand saß hinter ihm.

Kein einziger Bär war im Zimmer. Corinna hatte ihn mal wieder veräppelt und er war darauf reingefallen!

»Na, warte«, rief Jakob und warf seinen Hausschuh in Corinnas Richtung. »Ich mach dich zur Schnecke.«

Doch Corinna hatte noch einmal Glück gehabt. Denn ehe Jakob einen Racheplan schmieden konnte, war er auch schon eingeschlafen und schlief tief und fest wie ein Murmeltier im Winterschlaf.

2

Am nächsten Morgen war keine Zeit mehr, über Bären und herzlose Schwestern nachzudenken. Mamm weckte Jakob mit einem Kuss auf die Stirn.

»Ich muss ganz schnell los«, rief sie. »Heißer Kakao steht in der Küche. Aber zum Broteschmieren bin ich nicht mehr gekommen.« Und schon war sie weg, um rechtzeitig zum Dienst im Krankenhaus zu sein. Corinna brauchte erst zur zweiten Stunde zur Schule, so dass Jakob allein aufstand.

Wie jeden Morgen machte er sich mit dem Fahrrad auf den Weg zur Schule. Bei Bäcker Bolte – das ist der, wo es die besten Rosinenbrötchen gibt – hielt er kurz an. Mamm hatte ihm zwei Mark gegeben, damit er sich etwas für die Pause holen konnte.

Mit der Brötchentüte in der Hand und einem Zitronenlolli im Mund kam Jakob aus dem Bäckerladen und ging zum Fahrradständer.

Doch plötzlich fiel ihm vor Schreck der Lolli aus dem Mund.
Ach, du langes Elend! Sein Rad war weg!
Das heißt, es war nicht wirklich weg. Es stand nur nicht da, wo Jakob es abgestellt hatte. Es schwebte über dem Boden. Jakob riss die Augen auf. Ja, träumte er denn etwa noch?
Drei Meter neben Bäcker Boltes Eingangstür lag ein kleines Mädchen auf dem Rücken und balancierte sein Fahrrad auf den Füßen! Mit beiden Beinen wirbelte es sein blitzendes neues Rad in der Luft herum. So als wäre es im Zirkus.
»He! Was machst du da?« Jakob stürzte zu dem Mädchen hinüber und riss ihm das Rad weg. »Du tickst wohl falsch, du ... du ...« Jakob fehlten die Worte. Und er hatte auch keine Zeit, danach zu suchen. Er musste sofort überprüfen, ob noch alles dran war an seinem Rad. »Wehe, wenn der Tacho kaputt ist ...«, murmelte er.
Das fremde Mädchen stellte sich neben ihn. »Was ist ein Tacho?«, fragte es.
»Pfff! Mädchen ...« Jakob antwortete nicht. Er schaute nach, ob die Gangschaltung sich nicht verstellt hatte. Das Mädchen sah er gar nicht an. Warum verdrückte es sich nicht endlich?

»Na, ist alles noch heil?«, hörte Jakob die Stimme des Mädchens. Eine merkwürdig raue Stimme war das. Fast so wie die von Dieter, Mamms neuem Freund. Und auf den war Jakob überhaupt nicht gut zu sprechen. Er drehte sich um und warf dem Mädchen einen nicht gerade freundlichen Blick zu.
Himmel, wie die aber auch aussah! Sie hatte ein rosa Dirndlkleid mit grüner Schürze an. Und weiße Socken und Lackschuhe! Ihre hellblonden Haare waren zu einem kurzen Pferdeschwanz hochgebunden. Und ihre Füße ... ihre Füße waren so groß, dass man fast schon Mitleid mit ihr haben musste. Mindestens Größe 40. Wenn nicht noch mehr.
»Auweia.« Jakob tippte sich dreimal gegen die Stirn und verdrehte die Augen zu seinem allerschönsten Schielen. Und dann schwang er sich aufs Rad und sauste in Richtung Schule.

3

Na, das war vielleicht ein Tag! Erst Corinnas dämlicher Witz mit dem Bären. Dann dieses komische kleine Mädchen. Und jetzt fiel auch noch Turnen aus. Stattdessen kam der Direktor und ließ die ganze Klasse das Einmaleins aufsagen.
Jakob war froh, als die Schule vorbei war. Die Sonne schien und er radelte gemütlich nach Hause. Er hatte jede Menge Zeit. Mamm war noch bei der Arbeit im Krankenhaus und Corinna kam erst um eins aus der Schule. Vorher gab's sowieso nichts zu essen. Vielleicht konnte er ja noch zum Kino fahren und sich die Plakate angucken.
Aber als er bei der Bäckerei Bolte vorbeikam, bremste er. Das kleine Mädchen war doch tatsächlich immer noch da. Oder schon wieder. Jedenfalls hockte es im Schneidersitz mitten auf Boltes Lieferwagen. Ganz hoch oben auf dem Dach. Und nicht einmal die Lackschuhe hatte es ausgezogen.

Wenn das mal keine Kratzer gibt, dachte Jakob. Und dann dachte er, dass das ein ziemlich merkwürdiges Kind war.
Das Mädchen winkte ihm zu. Es tippte sich dreimal gegen die Stirn und dann sprang es mit einem freundlichen »Auweia« von Boltes Lieferwagen herunter. Direkt vor Jakobs Nase. Wenn er nicht einen Schritt zur Seite gemacht hätte, wäre es ihm mit seinen Riesenfüßen auf die Zehen getreten.
Jakob war viel zu verwirrt, um sich zu ärgern. »Was hast du da oben gemacht?«, fragte er. »Bist du seit heute Morgen hier?«
»Ja«, antwortete das Mädchen. »Von dem großen Wagen aus hat man einen guten Blick.«
»Wieso hat dich niemand da runtergejagt?«
»Es hat mich niemand gesehen. Die meisten Leute hier gehen mit gesenktem Kopf und schauen fast nie hoch. Komisch, nicht?«
Jakob zuckte die Schultern. Er strich sich mit der Hand durch sein kurzes rotes Haar und kratzte sich hinter den Ohren. »Ich weiß nicht«, antwortete er. Und im Stillen dachte er: Das einzig Komische hier bist du.
»Wie heißt du?« Das Mädchen sah ihm neugierig

ins Gesicht. Ihre Augen waren so hell, dass sie fast durchsichtig wie Glas aussahen.
»Jakob«, antwortete Jakob und verschränkte die Hände auf dem Rücken.
»Ich heiße LL-Zweiundzwanzig. Aber nenn mich ruhig Lulu.«
Jakob nickte. Ihm fiel nichts ein, was er hätte sagen können.
»Ich geh jetzt wohl mal lieber«, sagte Lulu. »Ich will noch herausfinden, was es hier alles für merkwürdige Dinge in den Geschäften gibt.«
»Was meinst du mit ›merkwürdige Dinge‹?«, fragte Jakob.
Lulu zeigte zu Finkes Fischladen hinüber. »Zum Beispiel da auf der anderen Straßenseite: Da verkaufen sie tote Fische!« Lulu schüttelte sich. »Wer will denn Fische, wenn sie schon tot sind? Gibt es auch Läden, wo man tote Hunde und Katzen kaufen kann?«
Jakob schüttelte stumm den Kopf.
»Na, ich werde mal den großen Hund da drüben fragen. Der sieht aus, als ob er gerne ein Schwätzchen hält.« Lulu deutete auf Finkes Bernhardiner Ferdinand, der wie jeden Tag faul neben der Tür zum Fischladen lag.

Jakob guckte immer ratloser.
»Also dann, bis bald.« Lulu lächelte ihn an. Und dieses Lächeln – das musste selbst Jakob zugeben – war geradezu umwerfend.
Mit großen Schritten hüpfte sie in ihren Lackschuhen davon, so dass unter ihrem rosa Dirndl eine knallgrüne Unterhose zu sehen war. Kurz bevor sie am Zebrastreifen war, drehte sie sich noch mal um.

»Auweia«, rief sie und winkte Jakob fröhlich zu.
»Auweia«, murmelte Jakob und wollte Lulu einen Vogel zeigen. Doch das Mädchen beachtete ihn nicht mehr.

4

Jakob half Mamm beim Kartoffelschälen. Dieter hatte sich zum Abendessen angemeldet und Mamm wirbelte in der Küche herum, als käme der Bürgermeister persönlich.

Während Mamm schon zehn Kartoffeln fertig hatte, war Jakob immer noch bei der ersten. Aber dafür hatte er aus der Schale eine Spirale geschnibbelt, die mindestens einen halben Meter lang war.

»Guck mal, eine Schlange.« Jakob hielt sein Kunstwerk in die Luft.

»Mmm, toll«, sagte Mamm, obwohl sie gar nicht hinsah.

Jakob ließ seine Kartoffelschale durch die Küche segeln. Sie landete direkt im Mülleimer. »Du, Mamm. Ich hab heute ein ganz komisches Mädchen kennen gelernt.«

»Mmm.«

»Sie hat mein Fahrrad mit den Füßen balanciert. Guck mal, ungefähr so.« Jakob nahm einen Tel-

ler und drehte ihn auf den Fingerspitzen im Kreis herum.
»Mmm, toll«, antwortete Mamm, während sie im Schrank nach dem Salzstreuer suchte.
»Sie hatte riesengroße Füße.« Jakob stellte den Teller wieder auf den Tisch.
»Hast du das Salz gesehen?«
»Und ein rosa Dirndl.«
»Muss man denn in diesem Haushalt immer alles suchen ...?« Mamms Stimme klang etwas nervös.
»Und eine quietschgrüne Unterhose! Mit rosa Spitzen!!«
»Wirklich toll. Kannst du nicht mal eben zum Supermarkt laufen und Salz holen, Jakob? Ich hab es etwas eilig ... Jakob?!«
Doch Jakob war nicht mehr in der Küche. Er hatte sich Kater Kuno geschnappt und lag mit ihm auf dem Sofa im Wohnzimmer.
Dann musste sich eben Kuno die Geschichte von dem komischen kleinen Mädchen anhören. Mit Mamm war einfach nichts mehr anzufangen. Und zwar genau seitdem sie mit diesem Kerl befreundet war. Diesem An-äs-the-sisten.
Jakob hatte zwar nicht die geringste Ahnung,

was dieses Wort bedeutete. Aber dass Mamms neuer Freund eine Doppelnull war, da war er sich sicher. Trotz der Geschenke, die er immer für Corinna und ihn mitbrachte. Corinna bedankte sich jedes Mal zuckersüß. Ha, aber er ließ sich bestimmt nicht bestechen!

Jakob drückte Kater Kuno so fest, dass der jaulend entwischte.

»Mensch, Kuno! Jetzt bleib doch hier!« Er versuchte Kuno am Schwanz zu packen.

Doch Kuno hockte schon auf dem Fernseher, was sein Lieblingsplatz war.

So ein blöder Tag, dachte Jakob. So ein pudelblöder Tag. Und dann dachte er darüber nach, dass man ja eigentlich zu einem Kater nicht »Mensch« sagte.

5

Am nächsten Morgen auf dem Weg zur Schule ertappte sich Jakob dabei, dass er nach dem Mädchen Lulu Ausschau hielt. Dabei wollte er das gar nicht. Was gingen ihn schon kleine Mädchen an? Es reichte doch voll und ganz, dass er eine große Schwester hatte, die ihn ständig ärgerte, oder? Und dazu eine Mutter, die nie zuhörte. Und ... ja, und einen Vater, den er gerade mal jedes zweite Wochenende sehen durfte. Nee, auch ohne komische Mädchen, die Fahrräder balancierten, war das Leben kompliziert genug.

Aber als er Lulu dann tatsächlich entdeckte, hielt er natürlich doch an. Diesmal hockte sie vor der Post auf einem Briefkasten und baumelte mit den Beinen. Ihr rosafarbenes Dirndl sah schon ziemlich mitgenommen aus. Es hatte einen großen Fleck und einen noch viel größeren Riss.

»Hallo Jakob! Auweia!«, rief Lulu und winkte.

Jakob blieb auf seinem Rad sitzen. »Warum sagst du immer Auweia?«

»Sagt man das nicht?«

»Nee.« Jakob runzelte die Stirn. Wollte dieses komische Mädchen ihn etwa verschaukeln?

»Aber du hast das gestern auch gesagt.« Lulu lächelte ihn freundlich an.

»Ich?«

»Ja, du.«

»Nein.«

»Doch.«

»Warum denn?«

»Weiß ich nicht. *Du* hast es doch gesagt.«

Jakob zuckte die Schultern. Das war ihm ganz eindeutig zu blöd.

»Wohin fährst du?«, fragte Lulu.

»Zur Schule. Wohin sonst? Ich muss mich ziemlich beeilen, sonst komme ich zu spät. Und heute gibt es Zeugnisse!«

»Zeugnisse? Was ist das?«

»Na, das wirst du auch noch lernen, wenn du in die Schule kommst.« Jakob versuchte Lulu von oben herab anzuschauen – was gar nicht so einfach war, weil sie ja auf dem Briefkasten saß.

»Ich geh schon zur Schule. Aber Zeugnisse haben wir nicht. Kann man die essen? Ist das so was wie Kürbisse?«

»Wie Kürbisse?«

»Nicht? Na, ich kann mir eure Zeugnisse ja mal anschauen. Ich komme mit.« Lulu sprang vom Briefkasten.

»Mitkommen? Zur Schule? Du spinnst wohl.« Jakob schüttelte ganz energisch den Kopf.

»Ooch ... bitte ...«, bettelte Lulu. »Ich langweile mich so. Oder kommst du mit mir mit?«

»Wohin denn?« Jakob schaute misstrauisch. Schließlich hatte Mamm ihn gewarnt ja nicht mit fremden Leuten mitzugehen. Ob das auch für kleine Mädchen mit großen Füßen galt?

»Weiß nicht. Irgendwohin. Du kannst mir zum Beispiel eure Stadt zeigen. Und dann könntest du mir ja vielleicht helfen.«

»Wobei denn?«

»Beim Zurückbieseln.« Lulu tippte vorsichtig an Jakobs Fahrradklingel und klingelte dann dreimal laut.

Normalerweise hätte Jakob sein Rad weggezogen und »Finger weg!« oder so was Ähnliches gerufen. Aber er hörte das Klingeln nicht einmal.

»Zurückbieseln?«, fragte er.

»Na klar. Ich muss doch schließlich irgendwann wieder nach Hause. Und immerhin sind es 700 Milliarden Kilometer bis dorthin. Übern Daumen gepeilt.«

»Was?? Wo wohnst du denn?« Jakob schluckte.

»Auf Milamolalarium.«

»Auf Mi-la-mo-la-la-ri-um?«

»Ja. Sag bloß, das kennst du nicht?«

Jakob schüttelte den Kopf.

»Dann erzähl ich dir davon. Komm, wir fahren zu dem Fluss da unten.« Lulu schwang sich auf den Gepäckträger von Jakobs Fahrrad. »Na, los!«

Jakob drehte sich um und schaute direkt in die leuchtenden hellen Augen des fremden Mädchens. Sein Herz klopfte auf einmal wie ein Buntspecht.

»Also, los!«, rief er und trat in die Pedale.

6

Eine Stunde später lag Jakob auf der Wiese am Fluss und sah hinauf zum Himmel. Er sah die Möwen, die vom Meer her kamen und über dem Fluss ihre Kreise flogen. Er sah die weißen Wolken, die gemächlich ihres Weges zogen. Und er sah das helle Blau des Himmels, das durchsichtig war wie die Augen des Mädchens Lulu.

Jakob hatte vergessen, dass er zur Schule musste. Er hatte vergessen, dass heute die Zeugnisse verteilt wurden.

Ja, vielleicht hatte er sogar vergessen, dass er Jakob hieß und acht Jahre alt war.

Aber wo war Jakob mit seinen Gedanken?

Er war natürlich auf Milamolalarium. Auf dem fernen Planeten, von dem Lulu ihm erzählt hatte. Ein Planet, auf dem man sich mit Tieren unterhalten konnte und wo es in der Schule keine Zeugnisse gab. Ein Planet, auf dem sich wildfremde Leute – die alle riesengroße Füße hatten – auf der Straße zulächelten. Ein Planet, der

700 Milliarden Kilometer von der Erde entfernt war. Über den Daumen gepeilt. Kein Raumschiff konnte so weit fliegen. Kein Erdenmensch konnte eine so lange Reise machen.

Und deshalb hatte Jakob Lulu auch am Anfang kein einziges Wörtchen geglaubt.

»Aber wir sind doch gar nicht mit einem Raumschiff gekommen«, hatte Lulu gesagt. »So was Altmodisches! Wir haben uns natürlich gebieselt!«

Und dann hatte sie Jakob erzählt, wie ihre ganze Familie vor ein paar Tagen einen Ausflug gemacht hat. Zuerst wollten sie auf den Mars, aber da war es zu heiß um diese Zeit. Deshalb hatten sie sich für die Erde entschieden. Und,

schwups!, zehn Sekunden später waren sie da gewesen. Das mit dem Bieseln, das war wirklich eine prima Sache.

Jakob hatte nicht ganz verstanden, wie das nun eigentlich funktionierte. Auf jeden Fall musste man sich ganz doll konzentrieren und fest an den Ort denken, wo man hinwollte. Und dann musste man so etwas Ähnliches wie einen Zauberspruch aufsagen. Jakob schwirrte noch der Kopf von dem endlos langen Satz, in dem mindestens zwölf verschiedene Zahlen vorkamen.

»He, Jakob. Bist du eingeschlafen?« Lulu kitzelte ihn mit einem Grashalm an der Nase. Weil es so schön warm war, hatte sie ihr Dirndl ausgezogen. Und jetzt saß sie in quietschgrüner Unterwäsche

mit rosa Spitzen da. Jakob war das etwas peinlich.

»Nein. Ich versuche mir nur gerade vorzustellen, wie das mit dem Bieseln geht«, antwortete Jakob.

Lulu seufzte. »Ja, ich auch.«

»Aber du weißt doch, wie man das macht.«

Lulu kräuselte die Nase und grinste verlegen. »Ja, im Prinzip schon. Aber ich hab nicht so richtig aufgepasst, als wir den Bieselspruch auswendig lernen sollten. Ich bring die Zahlen immer durcheinander. Auf dem Hinweg konnte ich mich noch prima erinnern. Aber auf dem Rückweg ...« Wieder ließ Lulu einen tiefen Seufzer hören.

»Was ist mit dem Rückweg? Musst du wirklich schon nach Hause?« Jakob war fast ein wenig enttäuscht. Obwohl er sich ja eigentlich nichts aus kleinen Mädchen machte.

Lulu zupfte an ihrer Spitzenunterhose herum. »Tja, die anderen sind schon wieder weg.«

»Und dich haben sie hier gelassen?« Jakob schüttelte sich bei dem Gedanken, ganz allein auf einem fremden Planeten herumlaufen zu müssen.

»Nicht mit Absicht. Aber ich hab ja den Spruch nicht mehr gewusst. Und außerdem hab ich mich nicht richtig konzentriert, als wir alle ganz fest an zu Hause denken sollten. Und da hat's dann natürlich nicht geklappt mit dem Bieseln.«

»Und dann?«

»Dann waren die anderen plötzlich nicht mehr da.« Lulu schluckte. Ihre Stimme klang noch ein wenig rauer als sonst.

»Auweia.« Jakob legte den Arm um Lulu und drückte sie ganz kurz.

»Siehst du«, schniefte Lulu.

»Was?«

»Jetzt hast du es wieder gesagt.«

»Was?«, fragte Jakob. »Auweia?«

»Ja.«

»Aber jetzt ist das auch eine ganz klare Auweia-Sache.«

»Ach so. Na, ich lern das schon noch. Eure Menschensprache ist ziemlich schwierig, finde ich. Und auch die Hunde sind gar nicht so einfach zu verstehen. Bei uns gibt es nur eine Sprache für alle.« Lulu wischte sich die Nase mit dem Unterarm ab. »Aber sonst ist es hier gar nicht so übel.«

»Findest du?« Jakob sah sich um. Er war richtig ein bisschen stolz auf seine Stadt. Vor allem auf den breiten Fluss mit der alten Brücke, die noch

aus dem Mittelalter stammte. »Warst du schon im Wald auf der anderen Seite vom Fluss?«, fragte er Lulu.
Lulu schüttelte den Kopf. »Nee. Obwohl Mama furchtbar gerne Erdenpilze sammelt. Davon hat sie uns immer vorgeschwärmt. Aber dann wurde plötzlich das Wetter schlecht und mein jüngster Bruder Mumu hat eine Regenallergie bekommen. Paps meinte, wir sollten am besten weiter zum Neptun reisen. Aber Pups wollte lieber sofort zurück, weil ...«
Jakob kicherte. »Pups? Wer ist das denn?«
Lulu guckte ratlos. »Pups ist Pups. So wie Paps eben Paps ist. Und Mama eben Mama.«
»Hi, hi«, lachte Jakob. »Pups ist Pups! Ha, ha, ha!«
Jetzt sprang Lulu auf und schaute Jakob strafend an. »Jawohl: Pups ist Pups! Was ist denn daran so komisch?« Sie stemmte die Arme in die Seite. »Über Ausländer lacht man nicht! Das ist unhöflich!«
»Ha, ha, ha. Pups ist Pups!« Jakob hielt sich den Bauch vor Lachen.
Wütend schnappte sich Lulu ihr Kleid und zog es sich über.

Jakob bekam kaum noch Luft. Lulu sah aber auch zu ulkig aus in ihrem Dirndl. Und mit ihren Riesenfüßen in Riesenlackschuhen. »Warum hast du eigentlich so ein dämliches Kleid an?«, japste er.

»Selber dämlich. Das haben wir aus dem Katalog! So was trägt man nämlich hier auf der Erde. Jawohl!« Lulu stampfte mit dem Fuß auf, so dass sämtliche Gänseblümchen auf der Wiese mit den Köpfen wackelten. Und dann rannte sie mit großen Schritten auf den Fluss zu.

Jetzt sprang auch Jakob auf. »He, Lulu! Warte doch!«

Aber Lulu war schon auf der alten Brücke. Jakob sah nur noch ihren hellen Pferdeschwanz über die Steinmauer ragen.

7

Mit einem dicken Klumpen im Magen radelte Jakob zur Schule. Zwei Stunden kam er zu spät! Und alles nur wegen diesem albernen Mädchen. Was sollte er nur Frau Schulze erzählen? Mamm hatte ihm mindestens tausendmal gesagt, dass man immer bei der Wahrheit bleiben soll. Auch wenn es schwer fällt.

Als Jakob schließlich in der Klasse ankam, sprudelte er seine Geschichte heraus. Noch bevor Frau Schulze überhaupt etwas gefragt hatte.

»Ich konnte nicht eher kommen. Weil Lulu doch hier niemanden kennt. Und weil sie ihre Familie verloren hat und die Zahlen alle durcheinander gebracht hat. Ich hab mich doch um sie kümmern müssen.«

»Nun setz dich erst mal hin, Jakob«, meinte Frau Schulze. »Und dann erkläre uns mal, wer diese Lulu ist.«

Doch kaum hatte Jakob angefangen, von Milamolalarium zu erzählen, grölte die Klasse los.

»Von einem anderen Stern soll die sein?!«
»700 Milliarden Kilometer in zehn Sekunden! Ich lach mich tot!«
»Jakob spinnt! Jakob spi-hi-hinnt!«
Und auch Frau Schulze, die doch sonst immer alles verstand, schüttelte nur den Kopf. »Jakob, Jakob ...«, murmelte sie.
Jakob verschränkte die Arme vor der Brust. Pfff! Dann sagte er eben gar nichts mehr. Stumm nahm er sein Zeugnis entgegen. Und stumm las er, dass Frau Schulze ihn für einen Schüler mit

viel Fantasie hielt. Ha, damit meinte sie wohl, dass er rumspinnt! Jakob stopfte das Zeugnis in die Schultasche. Und kaum läutete es zur dritten und damit zur letzten Stunde, da war er auch schon aus der Klasse gesaust.

Zu Hause kam er zum Glück gar nicht dazu, Mamm sein Schuleschwänzen zu beichten. Dieter hockte nämlich im Wohnzimmer. Der Anästhesist. Mamm saß neben ihm auf dem Sofa und strahlte wie ein Weihnachtsbaum. Sie fragte nicht mal nach dem Zeugnis – was Jakob dann doch ein wenig kränkte.

»Dieter bleibt zum Essen«, verkündete sie. So als ob das was ganz besonders Tolles wäre. »Und heute Nachmittag gehen wir alle vier zum Baden.«

»Aber heute ist doch Freitag!« Jakob sah Mamm vorwurfsvoll an.

»Ja und?« Mamm tat so, als verstünde sie ihn nicht.

»Da holt Papa mich doch ab.«

»Ach so, ja. Papa kann dieses Wochenende nicht. Er muss arbeiten. Hab ich dir das noch nicht erzählt?« Mamm schaute schuldbewusst.

»Nee, hast du mir noch nicht erzählt.« Jakob

biss sich auf die Unterlippe. Jetzt ließ Papa ihn schon zum dritten Mal hängen.

»Wir können uns doch auch ein nettes Wochenende machen. Ich bring dir das Kraulen bei, wenn du willst«, mischte sich Dieter ein.

»Das kann ich schon.«

»Oder wir angeln.«

»Angeln finde ich eklig.«

»Jakob! Jetzt sei mal etwas freundlicher zu Dieter.« Mamms Stimme klang traurig. »Dieter gibt sich so viel Mühe.«

»Wegen mir braucht sich niemand Mühe zu geben. Ich brauche sowieso niemanden.« Jakob stapfte zum Wohnzimmer hinaus. Er machte sich auf die Suche nach Kater Kuno. Der war der Einzige, der ihm nicht auf die Nerven ging.

8

Am Nachmittag saßen sie dann doch alle am Ufer des Badesees auf einer Wolldecke. Mamm, Corinna, Jakob und Dieter. Nur Kuno war zu Hause geblieben.

Dieter redete die ganze Zeit von seiner Arbeit im Krankenhaus. Offenbar war ein Anästhesist der wichtigste Mensch auf der Welt. Wichtiger als der Bundeskanzler oder die Königin von England. Jakob verstand nur, dass Dieter die Leute vor einer Operation bewusstlos machte. Na toll, das konnte ja wohl jeder, wenn er nur ordentlich drauflosboxte.

Jakob schmollte. Er wollte kein Eis. Und er wollte auch nicht mit Corinna im Schlauchboot auf den See hinauspaddeln. Als Mamm und Dieter dann auch noch zu schmusen anfingen, stand er auf. Er ging zu dem kleinen Wäldchen hinüber, das am anderen Ende des Sees lag. Unter einer Birke hockte er sich auf einen Baumstumpf. Schön ruhig war es hier. Die Mücken tanzten

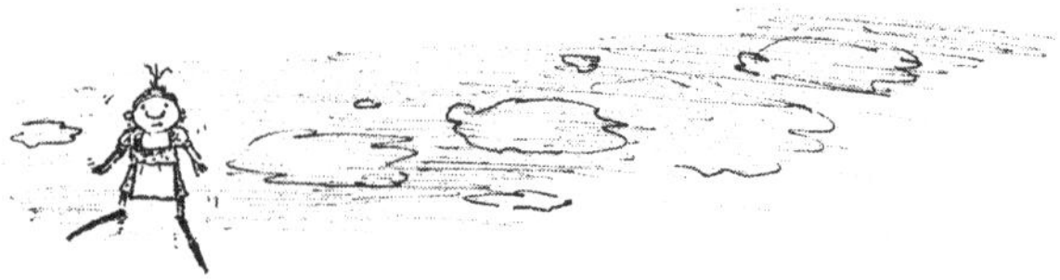

lautlos im Sonnenlicht und die Vögel zwitscherten.
Doch plötzlich hob Jakob erstaunt den Kopf. Hatte ihn da nicht jemand gerufen?
»Jakob! Jakob!«
Nein, er hatte sich nicht geirrt. Aber er konnte niemanden sehen.
»Ha, Jakob, wollen wir uns nicht wieder vertragen?«
Das war doch das Mädchen von Milamolalarium! Seine Stimme klang, als wäre es ziemlich weit entfernt.

»Lulu?« Jakob sah sich um. »Wo bist du denn?«
»Na, so ungefähr zwanzig Millionen Kilometer über dir!«
»Was?!«
»Ich hab versucht mich nach Hause zu bieseln. Aber es hat wieder nicht funktioniert. Und jetzt hänge ich hier herum, kurz hinter der Erde.«
»Was machst du denn da?«
»Nichts. Ich stecke fest. Ich komme keinen Meter vor und keinen Meter zurück. So ein Mist!«
Jakob kratzte sich am Kopf, so dass seine roten Haarstoppeln in alle Richtungen abstanden. Du liebe Güte! So etwas Verrücktes hatte er ja noch nie gehört.
»Jakob, du musst mir helfen ...« Lulus Stimme klang mit jedem Wort schwächer. »Wenn ich noch länger hier herumschwebe, habe ich bald keine Energie mehr. Dann schaffe ich es nicht mal mehr bis zur Venus. Und das sind nur noch achtzehn Millionen Kilometer von hier.«
»Aber wie kann ich dir denn helfen?«
»Du musst ganz fest an mich denken! Nur an mich und sonst an nichts. Du musst dich konzentrieren, verstehst du? Und ich denke zur gleichen Zeit ganz fest an dich.«

Auweia! Jakob seufzte. Das konnte ja nichts werden. In seinem Zeugnis stand schließlich: »Jakob hat sehr viel Fantasie. Aber er muss lernen sich zu konzentrieren.«

»Jakob? Hast du mich verstanden? Wir müssen uns beeilen! Ich zähle jetzt von zehn rückwärts und dann geht es los.« Lulu war kaum noch zu hören. Ganz matt war ihre Stimme. So als wäre sie krank und hätte mindestens 39 Grad Fieber.

»Also gut.« Jakob kniff die Augen zusammen und atmete tief ein.

»Zehn ... neun ... acht ... sieben ...« Lulus Stimme wurde immer dünner.

»Sechs ... fünf ... vier ...« Die Zahlen waren kaum noch zu verstehen.

»Drei ... zwei ... eins ...« Jakob hörte nur noch ein Wispern. Ganz, ganz fest dachte er an Lulu. An ihre glashellen Augen, ihr unbeschreibliches Lächeln, ihre Riesenfüße. Er sah, wie sie sein Fahrrad mit den Füßen balancierte. Wie sie neben ihm auf der Wiese hockte. Wie sie wütend auf die alte Brücke zurannte. Lulu, Lulu, Lulu, dachte er. Und sonst nichts.

Plötzlich spürte Jakob ein Zittern in der Luft. Obwohl er in der Sonne saß, wurde ihm kalt und

er schlang die Arme um den Körper. Ganz still war es auf einmal. Sogar die Vögel hatten aufgehört zu zwitschern.
Und dann tippte ihm jemand auf die Schulter.
»Das hat doch prima geklappt!«
Jakob öffnete die Augen. Lulu! Lulu stand vor ihm in ihrem schmuddeligen Dirndl und grinste ihn an. »Vielen Dank, Jakob. Ohne dich hätte ich es bestimmt nicht geschafft.«
»Oh, bitte«, antwortete Jakob. Mehr fiel ihm nicht ein. Er war immer noch ein wenig durcheinander.
Lulu setzte sich neben ihn auf den Baumstumpf. »Weißt du, es war nicht der richtige Moment zum Reisen. Ich war immer noch wütend auf dich, weil du mich ausgelacht hast. Und wenn man wütend ist, sollte man nicht bieseln. Weil man sich dann nicht richtig konzentrieren kann. Die Zahlen von dem Bieselspruch hab ich natürlich erst recht durcheinander gebracht.«
»Und gerade eben? Ist er dir da eingefallen?«
»Ja. Aber das war nur der für die Kurzstrecke. Ab einer Milliarde Kilometer braucht man einen anderen. Der ist viel schwieriger.«
»Ach so. Klar.« Jakob nickte.

Eine Weile saßen sie still nebeneinander in der Sonne und lehnten sich an die Birke. Sie hörten den Vögeln zu, die nun wieder sangen.

»Schön«, flüsterte Lulu. »Mama hat Recht gehabt. Euer Erdenwald ist wirklich wunderschön. Fast so schön wie die Sonnenblumenwälder bei uns.«

»Sonnenblumenwälder? Die würde ich auch gerne mal sehen«, murmelte Jakob und gähnte.

Und dann legten Lulu und Jakob die Köpfe aneinander und schliefen ein. So eine Bieselaktion ist nämlich eine anstrengende Sache – auch für den, der mithilft. Und auch, wenn es nur für eine Kurzstrecke ist.

9

»Hilfe! Hilfe!«

Was war denn jetzt schon wieder passiert? Hatte sich ein Marsmännchen im Wald verlaufen? War der Mann im Mond auf die Erde geplumpst und hatte sich den Fuß verstaucht? »Hilfe! Hilfe! Hört mich denn niemand?«

Langsam tauchte Jakob aus seinem Traum auf. Er hatte von Papa und Mamm geträumt und von Corinna. Sie waren alle vier auf einer Reise nach Milamolalarium gewesen. Und da hatte Lulu schon auf sie gewartet. Sie hatte Dieter auf ihren Füßen herumgewirbelt, bis ihm schwindlig geworden war.

»Hiiiiiiilfeeeee!!!!«

Jakob schreckte hoch. Das war Corinna! Corinna rief um Hilfe! Ihre Rufe schallten vom See herüber.

Jakob rüttelte Lulu, die immer noch schlief, an den Schultern. »Schnell, Lulu! Meiner Schwester ist was passiert! Wir müssen sie suchen!«

Lulu war sofort wach. Wie der Blitz rannten beide den Waldweg hinunter zum Ufer des Sees. Doch es war niemand zu sehen. Jakob starrte hinaus auf das Wasser, bis ihm die Augen brannten.
Da packte Lulu ihn beim Arm. »Dahinten, der rote Punkt! Ist das deine Schwester?«
Jakob schaute in die Richtung, in die Lulu zeigte. »Ja, das ist ihr Schlauchboot!«, rief er.
Weit draußen, dort wo der See in den großen Fluss übergeht, trieb das Boot. Ein roter Punkt, der immer kleiner und kleiner wurde.
»Was machen wir nur?« Aufgeregt sprang Jakob von einem Bein auf das andere. »Wenn sie erst einmal auf dem Fluss ist, sehen wir sie nie wieder. Dann treibt die Strömung sie davon! Was machen wir jetzt nur? Bevor ich Hilfe holen kann, ist Corinna bestimmt schon in der Nordsee!«
Lulu sah ihn an. »Sei mal ganz still, Jakob. Für ein paar Sekunden musst du ganz, ganz still sein, ja?« Sie schaute hinaus auf den See. Und plötzlich leuchteten und blitzten ihre Augen so sehr, dass Jakob vor Schreck beinahe aufgeschrien hätte. Doch er biss sich auf die Lippen und tat keinen Muckser. Um von dem hellen Licht nicht geblendet zu werden, schloss er die Augen.

Als er sie wieder öffnete, war Lulu nicht mehr da. Aber draußen auf dem See – da trieb das Schlauchboot nicht mehr weiter. Nein, es kam langsam näher. Jakob kletterte auf einen Baum, um besser sehen zu können.
Tatsächlich! Lulu saß im Schlauchboot. Das Dirndl hing klitschnass an ihr herunter. Sie hatte ihre Riesenschuhe ausgezogen und paddelte damit wie eine Weltmeisterin. Und hinter ihr lag Corinna! Wie leblos lag sie da. Ihr rechter Arm hing im Wasser wie ein Stück Tau. Jakob schluckte. Du lieber Gott, ob Corinna überhaupt noch lebte? Ach, die beiden kamen viel zu langsam voran!
Jakob sprang vom Baum. Er musste Mamm holen und den Bademeister! Vielleicht konnten die Corinna noch helfen. Mit klopfendem Herzen rannte er zum anderen Ende des Sees.

10

Als Mamm, Dieter und Jakob im Auto des Bademeisters den Waldweg entlangknatterten, sahen sie das rote Schlauchboot schon von weitem. Es lag am Ufer und Corinna saß daneben. Sie war blass wie ein Gespenst.

Mamm stürzte aus dem Wagen und schloss Corinna in die Arme. »Mein armes Mädchen! Ist alles in Ordnung?!«

Dieter fühlte Corinnas Puls und der Bademeister rieb ihr den rechten Arm. Der war nämlich ganz blau, weil er so lange im kalten Wasser gehangen hatte.

Und dann erzählte Corinna, wie das Schlauchboot umgekippt war. Und wie sie es nicht geschafft hatte, wieder hineinzuklettern. Immer weiter sei sie abgetrieben. Direkt auf den Fluss zu. »Ich hab mich am Boot festgeklammert, bis ich nicht mehr konnte«, schluchzte sie.

»Aber wie bist du dann wieder ans Ufer gekommen?«, fragte der Bademeister.

»Ich weiß es nicht. Mir wurde ganz schwarz vor Augen und ich hab Wasser geschluckt. Und plötzlich war so ein Zittern in der Luft. Und dann bin ich erst wieder aufgewacht, als ich hier neben dem Boot im Gras lag.« Corinna schmiegte sich in Mamms Arme.

»Das ist ein Wunder …«, murmelte Mamm und wiegte Corinna wie ein Baby.

»Das war sicher die Strömung«, meinte der Bademeister und sah prüfend hinaus auf den See.

»Oder der Wind.« Dieter hielt einen Finger in die Luft, um zu sehen, von wo der Wind wehte.

»Nein, das war Lulu!« Jakob, der die ganze Zeit abseits gestanden hatte, sprang auf. Er schaute in alle Richtungen. Wo war Lulu denn nur? Warum hatte sie sich versteckt?

»Wer ist denn diese Lulu?« Mamm drehte sich zu ihm um.

»Das ist doch das Mädchen, von dem ich dir erzählt hab! Die mit den großen Füßen! Sie hat sich auf den See hinausgebieselt. Und dann hat sie ihre Lackschuhe als Paddel benutzt …«

»Was redest du denn da, Jakob?« Mamm sah ihn besorgt an. »Hast du etwa vor Schreck den Verstand verloren?«

»Nein! Lulu hat Corinna gerettet. Sie kann nämlich bieseln, weil sie von einem anderen Stern kommt.«

»Jakob!« Dieter warf ihm einen strengen Blick zu. »Deine Mutter hat jetzt andere Sorgen als sich so einen Quatsch anzuhören.«

»Das ist kein Quatsch! Lulu kommt von Milamolalarium.« Jakob stampfte mit dem Fuß auf. Aber es hörte ihm niemand mehr zu. Alle kümmerten sich nur noch um Corinna.

Der Bademeister trug Corinna zum Auto und legte sie auf die Rückbank. Mamm und Dieter quetschten sich auf den Beifahrersitz.

»Ich geh zu Fuß«, sagte Jakob und trottete hinter dem Wagen her. »Ihr seid so gemein«, murmelte er. »Lulu hat Corinna gerettet. Und wenn ihr das tausendmal nicht glaubt!«

11

Eine halbe Stunde später saßen sie alle wieder auf der Liegewiese. Das heißt, Corinna lag in ihrem Bademantel auf der Wolldecke und schlief. Und auch Mama und Dieter machten ein Nickerchen nach all der Aufregung.

Nur Jakob schlief nicht. Er dachte an Lulu. Wo sie wohl steckte? Vielleicht hockte sie in ihrem klitschnassen Dirndl irgendwo im Wald. Ob die Leute von Milamolalarium wohl auch Schnupfen bekamen?

Leise stand Jakob auf und sah sich um. Er nahm Corinnas kurze Hose und kramte sein eigenes Hemd mit den blau-weißen Streifen hervor. Dann schnappte er sich Dieters Turnschuhe und hielt sie prüfend in die Luft.

»Das müsste passen«, murmelte er. Er steckte die Sachen in Mamms Badetasche und legte noch ein kaltes Würstchen und Kuchen obendrauf. Und dann lief er zu dem Wäldchen am anderen Ende des Sees zurück.

Das nasse, schmutzige Dirndl hing an einem Ast, als er bei dem Baumstumpf ankam. Und darunter hockte Lulu im Moos und knabberte an einem roten Pilz mit weißen Punkten.
Jakob schoss auf sie zu. »He, das ist ein Fliegenpilz! Davon kann man sterben!«, rief er.
Lulu stopfte sich den Pilz in den Mund und kaute mit vollen Backen. »Mmm, lecker«, nuschelte sie und wischte sich den Mund ab. »Wie geht es deiner Schwester?«, fragte sie.
»Gut geht es ihr. Aber dir gleich nicht mehr, wenn du nicht sofort den Pilz wieder ausspuckst. Der ist giftig!«
»Für uns ist gar nichts giftig, was hier auf der Erde wächst. Pups hat gesagt …« Lulu brach mitten im Satz ab und sah Jakob misstrauisch an. Doch diesmal kicherte Jakob nicht. »Pups hat gesagt, dass wir alles essen können, was es hier gibt«, fuhr sie fort. »Nur die Tiere natürlich nicht. Die vertragen wir ganz und gar nicht, hat er gesagt.«
»Auch keine Würstchen?«
Lulu schüttelte den Kopf. »Nee, in Würstchen sind doch Schweine drin, oder?«
Jakob dachte nach. »Ja, ich glaube schon.«

Lulu schüttelte sich. Jakob ließ schnell das Würstchen, das er bereits in der Hand hatte, wieder in der Badetasche verschwinden. Er hielt Lulu stattdessen Mamms selbst gebackenen Kuchen hin. »Was ist mit Schokoladenkuchen? Kannst du den essen?«

»Sind da Tiere drin?«

Jakob überlegte eine ganze Weile. »Mehl, Zucker, Margarine, Backpulver, Schokoplätzchen und Eier ... vom Huhn.« Er biss ein Stück von dem Kuchen ab. »Also, wenn du keine Eier verträgst ...«

»Doch, doch. Eier gehen in Ordnung, hat Pups gesagt.«

Während Jakob den Kuchen in zwei Hälften brach, warf er Lulu einen kurzen Blick zu. »Wer ist Pups denn eigentlich?«, fragte er und setzte sich neben Lulu in das weiche Moos.

»Na, Pups ist doch mein Vater!«

»Ach so.«

»Genau wie Paps.«

»Wieso?« Jakob vergaß vor Staunen das Kauen. »Du hast zwei Väter?«, fragte er mit vollem Mund.

»Klar. Mamm hat gesagt, mit nur einem Mann

kann sie keine zweiundzwanzig Kinder großziehen.«
Jetzt vergaß Jakob sogar das Schlucken. Der Kuchen saß ihm wie ein dicker Kloß im Hals. »Ihr seid zweiundzwanzig Kinder?«

Lulu nickte und wischte sich die Krümel vom Mund.
»Das heißt, du hast einundzwanzig Geschwister?«
»Logisch ... Isst du deine Hälfte nicht mehr?« Lulu schnappte sich den Kuchen, der vor Jakob auf der Erde lag. »Meine Freundin Mimi hat so-

gar dreißig Geschwister. Aber da sind auch zwei Mütter und drei Väter in der Familie. Und zehn Omas und Opas und so viele Tanten und Onkel, dass man sie nicht mehr zählen kann. Wie viele Geschwister hast du denn?«

»Ich? Nur eine Schwester. Aber die reicht mir.«

»Oh, du Ärmster. Das ist bestimmt langweilig. Und wie viele Väter hast du?«

»Auch nur einen. Aber den sehe ich nur manchmal am Wochenende.«

»Dann wohnt ihr nur zu dritt?« Lulu schaute Jakob ungläubig an. »Na so was.«

Eine Weile saßen Lulu und Jakob schweigend nebeneinander. Jakob malte sich aus, wie es wohl in so einer riesigen Familie zuging. Und Lulu versuchte sich vorzustellen, wie man in einer so winzigen Familie lebte.

Plötzlich seufzte Jakob. »Und dann ist da noch Dieter … dieser Blödmann.«

»Wer ist das?«

»Weiß ich auch nicht so genau.« Jakob stand auf. Das Thema fing an ihm auf die Nerven zu gehen. Er holte die Badetasche und nahm die Turnschuhe heraus.

»Guck mal«, sagte er zu Lulu. »Vielleicht passen

sie dir ja. Deine Sachen sind doch total aufgeweicht.«

In null Komma nichts hatte Lulu Jakobs Hemd angezogen. Corinnas kurze Hose reichte ihr bis über die Knie, aber die Turnschuhe passten prima.

»Suuuuuper!« Lulu sprang herum und schlug einen Purzelbaum. »Das ist ja todschick!« Sie setzte sich neben Jakob auf den Baumstumpf. »Unser Versandhandel hatte nur so altmodisches Zeug. Danke, Jakob!« Sie gab Jakob einen feuchten Kuss auf die Wange.

Jakob wurde rot wie der Fliegenpilz, den Lulu verspeist hatte. »Danke, dass du Corinna gerettet hast«, antwortete er und wischte sich schnell die Wange ab. »Ich glaube, ich muss jetzt gehen. Wenn Mamm aufwacht und ich bin nicht da, gibt es Ärger.« Er wollte gerade losrennen, da fiel ihm noch etwas ein. »Wo schläfst du denn eigentlich?«

»Och, mach dir darüber mal keine Gedanken. Ich brauch nicht jede Nacht zu schlafen. Ich hab ja vorhin ein Nickerchen gemacht.«

»Ach so. Na klar.« Jakob bückte sich, um sich die Schuhbänder ordentlich festzubinden. »Bist

du morgen auch hier?«, wollte er fragen, als er wieder hochkam.
Doch Lulu war schon nicht mehr da. Nur ihr Dirndlkleid schaukelte noch in der Luft.
Jakob sah an dem hellen Stamm der Birke hinauf. »Bis bald ...«, schien es dort oben in den Zweigen zu wispern. Aber vielleicht waren das auch nur die Blätter, durch die der Wind hindurchfuhr.

12

Corinna war wieder ganz die Alte, nachdem sie sich ausgeschlafen hatte. Auf dem Weg nach Hause maulte sie ohne Ende, weil ihre Hose weg war. Es war ihr schrecklich peinlich, im Bademantel in der Bahn zu sitzen. Und Dieter schaute ständig auf seine schmutzigen Füße und jammerte seinen Turnschuhen hinterher. Mamm machte ein unglückliches Gesicht.

»Ich versteh dich nicht, Jakob«, sagte sie. »Warum hast du die Sachen weggenommen? Und warum, um alles in der Welt, erzählst du solche Lügenmärchen?«

»Aber das ist kein Märchen!« Jakob vergrub trotzig die Hände in den Hosentaschen. »Ich hab alles dem Mädchen von Milamolalarium gegeben!«

Mamm schüttelte den Kopf. »Ach, Jakob. Du hattest ja noch einen richtigen Schokoladenmund. Niemand außer dir hat den Kuchen aufgegessen.«

»Doch, Lulu ...«
»Jetzt hör auf damit, Jakob. Ich will kein Wort mehr davon hören.«
Den Rest der Fahrt war Jakob stumm wie ein Fisch. Als sie zu Hause ankamen, schickte Mamm ihn aufs Zimmer. Stubenarrest! Das ganze Wochenende über! Ach, du langes Elend ...
Doch Jakob hatte kaum die Zimmertür hinter sich zugeknallt, da leuchteten seine Augen. Denn wer saß da auf seinem Bett und streichelte Kater Kuno?
Natürlich Lulu.
»Mensch, was machst du denn hier?!«, rief Jakob.
»Ich wollte mal sehen, wie du wohnst.«

»Und wie bist du reingekommen?«
Lulu grinste. »Na, wie wohl? Ich hab mich hergebieselt. Solche Mini-Strecken sind ein Klacks.«
Jakob setzte sich neben Lulu auf das Bett. »Meine Mamm ist total sauer auf mich. Sie glaubt mir kein Wort, wenn ich von dir erzähle.«
»Das ist fast immer so bei den Erwachsenen hier auf der Erde.« Lulu nickte. »Die glauben einfach nur an das, was sie schon kennen. Manche werden richtig böse, nur weil wir bieseln statt mit dem Raumschiff zu fahren, hat Paps mir erzählt.« Lulu stieß die Luft durch die Nase aus. »Pfff, großen Leuten zeige ich mich lieber gar nicht erst. Das gibt nur Ärger.« Sie kraulte Kuno hinter den Ohren und seufzte. »Meine Mama ist bestimmt auch sauer auf mich.«
»Weil du noch hier geblieben bist?«
»Sie mag es nicht, wenn ich rumtrödele. Und jetzt bin ich schon drei Tage auf der Erde.«
»Aber das ist doch nicht deine Schuld.«
»Na ja, irgendwie schon. Weil ich nicht aufgepasst hab, als wir die Bieselsprüche lernen sollten. Und weil ich mich nicht richtig konzentriert hab, als es losging.«
»Und warum holt dich keiner?«

»Das geht nicht. Jeder von uns hat seinen eigenen Spruch, der nur für ihn selbst gilt. Und deshalb kann niemand den anderen mitnehmen.«

»Das ist aber unpraktisch.«

»Ja, manchmal schon ...« Lulu ließ die Schultern hängen.

»Hast du Heimweh?« Jakob sah sie fragend von der Seite an.

Lulus Augen wurden auf einmal ganz dunkel. »Was Mama und Paps und Pups und die anderen wohl gerade machen? Vielleicht sitzen sie jetzt im Garten und schauen zu, wie die Sonnen untergehen. Weißt du, wir haben nicht nur eine mickrige Sonne wie ihr. Wir haben sieben. Und im Sommer gehen sie alle direkt nacheinander unter. Und dann sitzen wir zu Hause auf der Gartenbank und schauen zu. Das ist so schöööön.« Lulu ließ einen lauten Seufzer hören. »Und unser Garten, der ist auch schön. Bei uns gibt es Schmetterlinge, die sind so groß wie bei euch die Möwen. Und manche können ganz toll singen. Mehrstimmig.«

»Die Schmetterlinge?«

Lulu nickte stolz. Aber sie sah immer noch ziemlich traurig aus. Eine Weile sagte sie gar nichts mehr und auch Jakob war ganz in Gedanken versunken.

Plötzlich sprang er vom Bett auf, so dass Kuno vor Schreck einen Salto machte. »Ich weiß, wer dir vielleicht helfen kann!«, rief er.

»Ehrlich?« Lulu strahlte ihn an. »Wer denn?«

»Oma Talbach! Neulich hat sie gesagt: Wenn man erst mal so alt ist wie ich, dann wundert man sich über gar nichts mehr. Die wird bestimmt nicht gleich böse, wenn ich von dir erzähle.«

Lulu überlegte. »Das klingt schon mal ganz gut.«

»Ich glaube, sie ist ziemlich klug. Sie ist bestimmt schon achtzig Jahre alt.«

Jetzt machte Lulu große Augen. »Was? Achtzig Jahre? Bei uns wird niemand älter als fünfzig.«

»Wieso das denn nicht?«

»Mit fünfzig sterben die Leute. Genau an ihrem Geburtstag.«

»Aber warum denn?«

»Weil dann ihre Zeit auf Milamolalarium zu Ende ist. Mit null Jahren wird man geboren und mit fünfzig stirbt man. Ganz einfach.«

Jakob schaute entsetzt. »Das ist ja schrecklich!«

Lulu zuckte die Schultern. »Wieso? Dann gibt es

ein großes Fest und alle verabschieden sich. Das ist meistens ziemlich nett. Auch wenn es natürlich traurig ist, wenn jemand für immer weggeht. Aber jedenfalls stirbt niemand ganz allein im Krankenhaus.«

»Ja, da ist was dran. Oma Talbach sagt auch immer, sie möchte ihre letzten Tage nicht im Krankenhaus verbringen ...«

Lulu rutschte ungeduldig auf dem Bett hin und her. »Wollen wir nicht gleich mal zu ihr hingehen?«, fragte sie.

»Ich hab doch Stubenarrest.« Jakob dachte nach. Dann ging er zur Tür und spähte hinaus. »Komm«, flüsterte er Lulu zu. »Die Luft ist rein. Aber diesmal musst *du* ganz, ganz still sein.«

Und dann schlichen sie am Wohnzimmer und an der Küche vorbei den Flur entlang. Vorsichtig öffnete Jakob die Haustür und sie huschten hinaus.

»Nichts wie weg!«, rief Jakob, als sie auf der Straße standen. Sein Herz klopfte. Hoffentlich sah Mamm nicht gerade jetzt aus dem Wohnzimmerfenster!

13

Oma Talbach wohnte in einem kleinen Haus am Stadtrand. Ihr Garten duftete nach Rosen und reifen Erdbeeren. Als Jakob und Lulu bei ihr auftauchten, stellte sie ihnen erst mal eine Schale mit selbst gepflückten Früchten auf den wackeligen Gartentisch.

Und so saßen sie unter dem Kastanienbaum in der Sonne und Lulu stürzte sich mit Begeisterung auf die Erd-Erdbeeren. Oma Talbach sah von einem zum anderen. Sie merkte, dass Jakob längst nicht so viel futterte wie sonst. Oma Talbach merkte immer ganz genau, wenn Jakob Sorgen hatte.

»Also, wo drückt der Schuh?«, fragte sie.

Lulu schaute auf Dieters Schuhe und antwortete höflich: »Danke der Nachfrage. Aber die passen eigentlich recht gut.«

Jakob kicherte. Und dann erzählte er Oma Talbach die Geschichte von Lulus missglückter Heimreise. Lulu streute ab und zu ein paar Ein-

zelheiten über Milamolalarium ein. Und Oma Talbach hörte zu ohne ein Wort zu sagen.
Schließlich zupfte sie Lulu an ihrem strubbeligen Pferdeschwanz und sah ihr in die Augen. »Na, da bist du ja ein ganz besonderes kleines Mädchen …«
Jakob strahlte Oma Talbach an. »Du glaubst uns? Du wirst nicht böse und sagst, wir sollen aufhören mit dem Quatsch?«
Oma Talbach wiegte den Kopf hin und her, so dass ihre weißen Löckchen zitterten. »Ich hab zwar noch nie jemanden von einem anderen Stern getroffen … Aber ich hab auch noch nie richtig verstanden, wie so ein Fernseher funktioniert. Und trotzdem guck ich mir jeden Abend die Tagesschau an. Wenn man erst mal so alt ist wie ich, dann …«
»… dann wundert man sich über gar nichts mehr«, brachte Lulu den Satz zu Ende.
Oma Talbach lachte. »Gedanken lesen kannst du wohl auch, was?«
»Nee, eigentlich nicht besonders gut.«
»Kannst du Lulu nicht helfen wieder nach Hause zu finden?« Jakob sah Oma Talbach bittend an.
»Tja, ihr beiden …« Oma Talbach runzelte die

Stirn. »Mit Bieseln und solchen Sachen kenn ich mich überhaupt nicht aus. Da bin ich ziemlich ratlos. Wenn ich nur jemanden wüsste, der von so etwas Ahnung hat …«
Eine Weile saßen Oma Talbach, Jakob und Lulu schweigend unter dem Kastanienbaum. Jakob holte eine Murmel aus der Hosentasche und rollte sie auf dem Tisch herum. Lulu knabberte betrübt an ihrem Daumennagel. Sie schlug die Beine übereinander und wippte mit Dieters rechtem Turnschuh. Auf der Schuhspitze hatte sich ein gelber Schmetterling niedergelassen. Plötzlich sah Lulu erstaunt auf.

»Psst«, flüsterte sie Jakob zu. Sie beugte sich zu dem Schmetterling hinunter und nahm ihn auf den Finger. Ganz vorsichtig hielt sie ihn sich ans Ohr.
»Aha«, murmelte sie leise vor sich hin. »Soso …« Schließlich hielt sie ihren Finger hoch in die Luft. »Danke!«, sagte sie. »Meinen allerherzlichsten Dank!« Sie lächelte den Schmetterling so nett an, dass Jakob fast ein wenig eifersüchtig wurde.
Der Schmetterling flatterte mit den Flügeln und hob ab. Dann drehte er drei Runden um Lulus Kopf herum und schwebte davon.
Lulu stand auf und winkte ihm hinterher. Sie stemmte die Arme in die Seite. Ihre Augen blitzten vor Freude. »Auweia, auweia, auweia!«, rief sie. Und dann schlug sie einen Purzelbaum. Ohne Anlauf. Einfach so, aus dem Stand heraus. Und auch daran konnte man erkennen, dass sie wirklich ein ganz besonderes Mädchen war.

14

Während Oma Talbach zur Feier des Tages einen Schokoladenkuchen backte, lagen Jakob und Lulu im Garten auf der Wiese. Lulu hatte den Mund voll Kirschen und spuckte einen Stein nach dem anderen in hohem Bogen in die Luft.
»Guck mal, Jakob. Wenn ich ein bisschen mehr Zeit zum Üben hätte, könnte ich bestimmt drei Steine gleichzeitig spucken. Schade, dass es bei uns keine Kirschbäume gibt. Was meinst du? Ob ich ein paar von den Kirschen als Mitbringsel mitnehmen könnte? Oma Talbach wollte für meine Familie einen Extraschokoladenkuchen backen. Aber einen Kuchen, der für fünfundzwanzig Leute reicht, hätte sie ja nie im Leben hingekriegt.«
Jakob hörte nicht richtig zu. Er war in Gedanken noch bei dem Schmetterling. »Und du hast ihn wirklich verstehen können?«, fragte er.
Lulu wusste sofort, von wem Jakob sprach. »Na ja, er hat ein bisschen genuschelt. Und er hatte

ein ziemlich leises Stimmchen, der Winzling. Aber das Wichtigste hab ich schon verstanden: Wenn ich drei Erdenmenschen finde, die mir beim Bieseln helfen, sagte er, dann schaffe ich es auch ohne den Spruch. Wir müssen nur zusammen ganz fest an den allerschönsten Ort auf Milamolalarium denken.«

»Woher weiß der Schmetterling denn das?«

»Schmetterlinge wissen 'ne ganze Menge. Fast so viel wie Eulen. Nur sind sie viel netter.«

»Und welches ist der allerschönste Ort auf Milamolalarium?«
Lulu brauchte nicht lange nachzudenken. »Der Mommelberg!«, rief sie. »Vom Mommelberg aus hat man den allerbesten Blick über den Kristallvulkan und den Feuersee. Wenn es dunkel wird, kann man von dort oben das ganze Land leuchten und funkeln sehen.« Lulus Augen schienen mit Milamolalarium um die Wette leuchten zu wollen.
»Der Kristallvulkan? Was ist denn das?«, wollte Jakob wissen.
»Das ist unser höchster Berg. Aber man kann nicht hinaufsteigen, weil er glatt wie eine Rutschbahn ist. Und jeden Abend sprüht er Feuer, das dann an seinen Kristallwänden hinunterfließt. Am Fuß des Vulkans ist deshalb ein großer See, der nur aus Feuer besteht.«
»Aber dann kann man ja gar nicht darin baden!«
Lulu nickte. »Klar kann man das. Manchmal baden wir in Gedanken darin. Das ist spitzenmäßig erfrischend.«
»In Gedanken?« Jakob sah Lulu erstaunt an. So ganz konnte er sich die Sitten auf Milamolalarium noch nicht vorstellen.

»Ja, das ist sehr praktisch. Man liegt gemütlich zu Hause in der Hängematte. Und dann klettert man in Gedanken den Kristallvulkan hoch, rutscht den Berg hinunter und schliddert mitten hinein in den Feuersee.«

Lulu verschränkte die Arme hinter dem Kopf und sah hinauf in den Himmel. »Wenn ich doch nur drei Menschen kennen würde, die mir helfen könnten!«

Jakob setzte sich auf. »Also, Oma Talbach und ich. Das sind schon mal zwei. Und als Dritten … als Dritten …« Jakob kratzte sich am Ohr. »Als Dritten weiß ich niemanden.«

Lulu setzte sich auch auf. Sie schlang die Arme um die Knie. »Vielleicht deine Mama?«, fragte sie.

Jakob schüttelte den Kopf. »Die hört mir schon seit Ewigkeiten nicht mehr zu.«

»Und dein Paps?«

»Der hat erst in zwei Wochen wieder Zeit für mich.«

»Dieter?«

»Das ist ein Holzkopf, der sowieso alles besser weiß.«

»Und was ist mit deiner Schwester?«

Jakob zuckte die Schultern. »Ach, Corinna. Die

ist doch schon zehn und hält sich für oberschlau. Sie würde mir auch kein Wort glauben.«

Lulu seufzte. »Schade, dass ihr nur so eine kleine Familie seid. Hast du nicht doch noch irgendwo ein Geschwisterchen, vielleicht so fünf, sechs Jahre alt?«

»Nee, hab ich nicht.« Jakob wurde richtig ein bisschen sauer. So klein und mies war seine Familie ja nun auch wieder nicht, oder? Er stand auf und klopfte sich ein paar Grashalme von der Hose. »Ich kann's ja mal versuchen. Ich frage entweder Mamm oder Corinna.«

»Oder Dieter«, hakte Lulu nach. »Er ist doch so etwas Ähnliches wie ein Pups, finde ich.«

»So etwas Ähnliches wie ein Pups? Hi, hi. Sag ihm das mal, da wird er sich freuen. Dieter ist ein Pups, hi, hi, hi!« Jakob lachte so, dass er sich wieder auf den Hosenboden setzen musste.

»Lachst du über mich?« Lulu sah ihn mit strenger Miene an.

»Nein, nein! Ehrlich nicht«, rief Jakob.

»Na, dann ist gut«, meinte Lulu. Und dann fing sie auch an zu lachen.

Die beiden hörten erst wieder auf mit dem Gekicher, als Oma Talbach mit dem Kuchen in den Garten kam. Jakob war blitzschnell auf den Füßen. Schokoladenkuchen mit Mandelsplittern und Schlagsahne! Frisch aus dem Ofen! Ob es so etwas Leckeres noch irgendwo sonst im Weltall gab?

15

Es wurde schon dunkel, als Jakob sich wieder in die Wohnung schlich. Das Herz klopfte ihm bis zum Hals. Er dachte an Lulu, die bei Oma Talbach geblieben war und sich Märchen vorlesen ließ. Und er dachte an Mamm, die jetzt mit Dieter im Wohnzimmer zusammensaß. Er konnte ihre Stimmen durch die Tür hindurch hören. Bestimmt hatten sie jede Menge Spaß miteinander. Bestimmt lachten sie über den kleinen, doofen Jakob, der so alberne Geschichten erzählte.

Jakob wollte gerade leise die Tür zu seinem Zimmer öffnen, als ihm plötzlich jemand die Hand auf die Schulter legte.

»Huch!« Jakob drehte sich um. »Papa?! Wo kommst du denn her?«

Ja, das war tatsächlich sein Vater, der da neben ihm stand. Er strich Jakob durch die Stoppelhaare. »Deine Mama hat mich angerufen, weil sie sich Sorgen um dich gemacht hat. Sie dachte, dass du vielleicht bei mir bist. Warum bist du denn einfach weggelaufen?«

»Ach, Papa«, seufzte Jakob.

Da nahm ihn sein Vater auf den Arm. »Mein großer Junge«, sagte er und Jakob legte den Kopf an seine Brust. So als wäre er noch ein ganz kleiner Junge.

»Papa«, sagte Jakob. »Du glaubst mir doch, oder? Ich hab die Sachen weggenommen, weil das Mädchen von Milamolalarium sie brauchte. Weißt du, sie ist ganz nass geworden, als sie Corinna gerettet hat. Und jetzt müssen wir ihr helfen, damit sie zurück auf ihren Planeten kommt.«

Papa stellte Jakob wieder auf die Füße. »Komm mal mit ins Wohnzimmer, Jakob. Dann kannst du uns allen zusammen erklären, was eigentlich mit dir los ist.«

Jakob schaute zu Boden. »Ist Mamm sehr böse auf mich?«

Papa schüttelte den Kopf. »Nein, bestimmt nicht. Sie wird vor allem froh sein, dass du wieder da bist.« Er nahm Jakob bei den Schultern und schob ihn ins Wohnzimmer.

Jakob fiel ein Stein vom Herzen, als er neben Mamm auf das Sofa rutschte. Sie sah wirklich kein bisschen böse aus. Aber dann entdeckte er Dieter, der am Fenster stand.

»Muss der auch hier sein?«, fragte Jakob und zeigte mit dem Finger auf Dieter.

»Ja, das muss er. Und ich hoffe, er wird noch ziemlich oft hier sein. Ich habe ihn nämlich gerne«, antwortete Mamm. Sie zog Jakob näher zu sich heran. »Hast du das ganze Theater veranstaltet, um ihn aus dem Haus zu graulen, Jakob? Glaubst du, dass du mir nicht mehr so wichtig bist, seitdem Dieter da ist?«

Jakob schluckte. Er schluckte einmal. Und er schluckte zweimal. Und dann sprudelte alles aus ihm heraus:

Dass Mamm mit ihren Gedanken nur noch bei Dieter war ... Dass ihm niemand zuhörte, wenn er was erzählen wollte ... Dass Papa nie Zeit für ihn hatte ... Und dass Dieter wohl dachte, er könnte hier einfach so der Pups werden ...

»Der Pups?« Mamm sah Jakob besorgt an.

Doch Jakob achtete gar nicht darauf. Er redete weiter, um auch noch das letzte Steinchen von seiner Seele zu schubsen. »Ja, und heute ... heute habt ihr sogar vergessen, dass wir Zeugnisse bekommen haben!«

»Ach, du liebe Güte!« Mamm drückte Jakob an sich. »Oh Jakob, das tut mir wirklich Leid.« Sie sah ganz zerknirscht aus. Und auch Papa machte ein schuldbewusstes Gesicht.
»Na ja, ist nicht so schlimm.« Jakob wischte sich die Nase mit dem Handrücken ab. »Ich glaube, es ist kein besonders gutes Zeugnis.«
Eine Minute später saßen Mamm, Papa und Dieter um den runden Esstisch herum. Dreimal lasen sie sich gegenseitig vor, was Frau Schulze über Jakob geschrieben hatte. Dann waren sie sich einig: Das war ein Superzeugnis! Ihr Jakob war ein lebhaftes Kind mit viel Fantasie.

Mamm drehte sich zu Jakob um, der mit Kater Kuno im Arm auf dem Sofa saß. »Wir sind stolz auf dich, Jakob. Und weil wir so schrecklich vergesslich gewesen sind, darfst du dir was wünschen.«

»Aber es darf nicht mehr als eine halbe Million kosten«, sagte Papa, der gerne solche Scherze machte.

»Na, weißt du schon was?«, fragte Dieter.

Jakob drückte Kuno vor Freude an sich. Natürlich wusste er, was er sich wünschen sollte. Er hatte versprochen Lulu zu helfen! Und deshalb brauchte er jemanden, der ihm seine Geschichte glaubte.

Jakob holte tief Luft. »Also, ich wünsche mir …«

»Ja?« Mamm und Papa und Dieter sahen ihn erwartungsvoll an.

»Also, ich wünsche mir …« Jakob schaute auf Kater Kuno hinunter, der ihm zuzwinkerte. Sanft stupste Kuno ihn mit seiner weichen Schnauze an. Und Jakob ahnte, was Kuno ihm sagen wollte. »Denk dran: Die großen Leute glauben nur an das, was sie schon kennen.«

»Also, ich wünsche mir fünfundzwanzig Stück Schokoladenkuchen mit Schlagsahne. Und zwar gut verpackt.«

»Was?«, riefen Mamm und Papa und Dieter wie aus einem Mund.
»Komm, Jakob. Ich bringe dich jetzt zu Bett«, sagte Mamm. »Ich glaube, das war heute ein anstrengender Tag für dich.«
Und dann nahm sie ihn auf den Arm und trug ihn ins Kinderzimmer, wo Corinna schon leise vor sich hinschnarchte. Mamm gab ihm einen Gutenachtkuss und stopfte die Decke um ihn fest. Bevor sie die Tür hinter sich zumachen konnte, schlüpfte Kater Kuno zwischen ihren Füßen hindurch ins Kinderzimmer. Niemand außer Jakob hatte das bemerkt.
Im Dunkeln schmiegte Jakob sein Gesicht an Kunos glattes Fell. »Du hast Recht, Kuno. Sie hätten es mir nicht geglaubt. Sie wären nur wieder böse geworden.«
Kuno schnurrte zustimmend.
»Mir wird schon noch was anderes einfallen«, murmelte Jakob. Und dann war er eingeschlafen.

16

»Jakob! Jakob! Wach auf!«

»Was ist denn?« Jakob blinzelte ins stockfinstere Zimmer und zog sich das Kissen über den Kopf. Na, da hatte er wohl doch nur geträumt.

»Jakob, wach endlich auf! Da ist ein Einbrecher im Zimmer!«

Erschrocken setzte Jakob sich auf. Nein, er träumte nicht. Das war Corinnas aufgeregte Stimme, die da flüsterte.

Jakob sah sich um. Einbrecher? Er konnte niemanden entdecken. »Ha, auf so was falle ich nicht noch mal rein. Schlaf gut.« Jakob legte sich wieder hin.

»Ehrlich, da ist jemand im Zimmer.« Corinna klapperte so laut mit den Zähnen, dass Jakob es hören konnte.

Und dann merkte er es selbst! Da rumpelte und pumpelte es in der Ecke. Da fielen Bücher vom Schreibtisch. Und da stapfte jemand durch den Raum.

»Aua! Jetzt hab ich mir das Schienbein gestoßen!« Eine raue Stimme fluchte vor sich hin. »Jakob, mach doch mal Licht an.«
Lulu! Jakob knipste die Lampe neben seinem Bett an. Tatsächlich: Lulu stand vor Corinnas Bett, mit einem ihrer Riesenfüße im Papierkorb.
»Hilfe!«, rief Corinna und verschwand unter der Decke.

»Psst, nicht so laut.« Jakob legte den Finger an den Mund. Dann sprang er aus dem Bett und half Lulu aus dem Papierkorb heraus. Auch Kater Kuno kam angesaust und rieb sich an Lulus Bein.

Jakob setzte sich zu Corinna aufs Bett. Er klopfte dem Berg, der da unter der Decke zitterte, auf den Rücken.

»Corinna! Nun guck doch mal. Das ist doch nur Lulu. Die tut dir nichts. Ehrenwort.«

»Ehrenwort«, wiederholte Lulu. »Ich wollte nur mal schauen, ob Jakob wegen mir Ärger bekommen hat.«

Langsam streckte Corinna die Nasenspitze unter der Decke hervor. »He, die hat meine kurze Hose an!«, rief sie und setzte sich auf. »Und Dieters Turnschuhe!«

»Ja, weil ihre Sachen nass geworden sind, als sie dich auf dem See gerettet hat«, sagte Jakob.

»Die war das?«, fragte Corinna erstaunt. Misstrauisch sah sie zu Lulu hinunter, die im Schneidersitz auf dem Teppich saß und Kuno kraulte. Lulu lächelte Corinna an und ihre glashellen Augen blitzten.

Plötzlich schaute Corinna freundlicher. »Ja, irgendwo hab ich schon mal jemanden mit solchen Augen gesehen ...« Sie schien nachzudenken. »Stimmt! Das war kurz bevor mir schwindlig wurde und ich all das Wasser geschluckt habe!« Corinna war auf einmal ganz aufgeregt. »Du hast mich also an Land gebracht?«, fragte sie.

»Ja, mit dem Schlauchboot«, antwortete Lulu bescheiden.

»Aber das hat nur geklappt, weil Lulu bieseln kann!«, rief Jakob stolz. Und dann musste er Corinna natürlich erklären, was es mit dem Bieseln auf sich hatte.

Stumm saß Corinna da und hörte sich die ganze Geschichte von Lulus Familienausflug auf der Erde an. Als Lulu den Mommelberg und den Feuersee beschrieb, machte Corinna zum ersten Mal den Mund wieder auf.

»Hast du vielleicht Briefmarken dabei, wo der Feuersee drauf ist?«, fragte sie.

»Briefmarken?« Lulu schüttelte den Kopf. »So was Altmodisches benutzen wir schon lange nicht mehr. Wenn wir jemandem schreiben wollen, schicken wir ihm einen Gedankenbrief. Wir haben zu Hause noch ein paar Marken von früher, aber die hab ich natürlich nicht mitgenommen. Die gelten hier ja sowieso nicht.«

»Schade. Da würden die in meiner Klasse nämlich staunen. Außerirdische Marken sind bestimmt total selten.«

»Ich kann dir ja welche schicken, wenn ich wieder daheim bin«, meinte Lulu.

»Das wäre spitze!«, rief Corinna. »Ich gebe dir auch welche von mir mit.« Sie sprang auf und holte ihr Sammelalbum. »Du darfst dir aussuchen, was du haben möchtest.«

»Ach, wie nett.« Lulu beugte sich über das Album mit den bunten kleinen Bildern. Und auch Jakob schaute sich Corinnas Briefmarken an. Das hatte er schon eine Ewigkeit nicht mehr gemacht.

Die halbe Nacht saßen die drei auf dem Fußboden und Lulu lernte all die Schätze kennen, die sich in Jakobs und Corinnas Zimmer finden ließen.

Als Mamm am nächsten Morgen die Tür aufmachte, um nach ihren Kindern zu sehen, da staunte sie nicht schlecht.

Jakob und Corinna lagen in ihren Betten. Um sie herum waren Bücher und Kassetten, Puppen und

Autos, Legosteine und Briefmarken verstreut. Das reinste Chaos! Und die beiden schliefen wie die Murmeltiere. Nur Kater Kuno hockte putzmunter zwischen all dem Spielzeug auf dem Teppich und blinzelte in die Sonne.

17

Lulu und Oma Talbach saßen schon im Garten vor dem Haus und warteten, als Jakob und Corinna am Nachmittag eintrudelten.

»Wir mussten erst noch aufräumen!«, rief Corinna entschuldigend.

»Und Mamm hat ziemlich lange gebraucht, um all den Kuchen zu backen.« Jakob zeigte Lulu ein großes Paket, das er in den Händen hielt. »Hier, für deine Familie. Als Mitbringsel.«

Oma Talbach steckte Lulu ein Körbchen mit Erdbeeren und Kirschen zu. »Du lieber Himmel!«, rief sie. »Jetzt reist aus meinem Garten doch tatsächlich etwas 700 Milliarden Kilometer weit!«

»Ach, wie gerne würde ich mitkommen«, seufzte Jakob. »Vielleicht könnte ich dich in den Herbstferien mal besuchen.«

Lulu schüttelte den Kopf. »Das kannst du vergessen, Jakob. Ihr hier auf der Erde schafft es ja gerade bis zum Mars mit euren ollen Raumschiffen. Aber ich komme bestimmt mal wieder vorbei.«

»Denkst du dann bitte an die Briefmarken?«, meinte Corinna.

»Klar, mach ich.« Lulu lächelte. Doch auf einmal wurden ihre hellen Augen ganz dunkel. Sie drückte Corinna und Oma Talbach ganz fest und dann nahm sie Jakob bei den Händen.

»Jakob«, sagte sie. »Du bist der allernetteste Mensch der Welt.«

Verlegen sah Jakob zu Boden. »Och, so viele kennst du ja gar nicht.«

»Aber von denen, die ich kenne, bist du der beste. Ehrenwort.« Sie gab Jakob einen dicken Kuss auf die Wange.

Dann legten sich alle vier unter den alten Kastanienbaum. Oma Talbach bekam ein Kissen, um es gemütlicher zu haben. Lulu hielt ihr Kuchenpaket und das Körbchen fest in den Armen. Und dann begann sie noch einmal von Milamolalarium zu erzählen:

Von Mama, von Paps und Pups und den einundzwanzig Geschwistern ... von den sieben Sonnen, die alle nacheinander untergingen ... vom Sonnenblumenwald, in dem die Schmetterlinge im Chor sangen ... vom Kristallvulkan und vom Feuersee ... und vom Mommelberg, von wo man den allerschönsten Ausblick hatte.

Ganz deutlich sahen Jakob, Corinna und Oma Talbach den fernen Planeten vor sich. War es nicht, als würden sie alle gemeinsam auf dem Berg sitzen und die Aussicht genießen? Sogar die Wärme des Feuersees konnten sie spüren.

Doch plötzlich wurde es kühler. Ein leichtes Zittern ging durch die Luft und die Blätter des Kastanienbaums raschelten. Oma Talbach legte die Arme um Jakob und Corinna.

Als Jakob die Augen öffnete, war Lulu nicht mehr da.

»Mach's gut, Lulu«, rief er in den Kastanien-

baum hinauf. Er winkte zum blauen Himmel hoch. »Auf Wiedersehen!«

»Auf Wiedersehen ...« Jakob glaubte ein ganz leises Wispern zu hören. Kam das von dem gelben Schmetterling, der ihm um die Nase herumtanzte?

»Nun helft mir mal wieder auf die Füße, ihr zwei.« Oma Talbach versuchte sich hochzurappeln. »Ich mach uns jetzt erst mal Bratkartoffeln nach all der Anstrengung.«

Jakob gab ihr die Hand und zog sie hoch. »Nee, lass man, Oma Talbach. Ich ... ich hab gar keinen Hunger im Moment.« Jakob schluckte und schniefte. »Ich glaub, wir müssen sowieso jetzt los. Heute kann ich nicht wieder so lange bleiben.«

Und dann liefen Jakob und Corinna, so schnell sie konnten, nach Hause, wo Mamm und Kater Kuno auf sie warteten. Und Dieter natürlich, der Pups.